宇曽保物語

宇曽保物語

舟崎克彦・作

井上洋介・絵

風濤社

目次

宇曽保物語

急がば走れ

ミチバシリはその名の通り、四六時ちゅう草原をかけずりまわっている鳥です。

「どうしてそんなに急いでいるんだい？」

プレイリー・ドッグがたずねますと、

「急がないと早く日がくれちゃうからさ」

ミチバシリは走りながら答え、あっという間にすがたをけしました。

「なるほど」

プレイリー・ドッグは思わずヒザをうちましたが、なぜ「なるほど」なのかは、よくわかりませんでした。

「なんでいつでもかけずりまわってるんだ」

ガラガラヘビがこえをかけますと、

「歩いてるヒマがないからだよ」

ミチバシリは答えて、すなぼこりとともに視界から消えました。

「えらいもんだ」

ガラガラヘビはかんしんしてつぶやきましたが、一体なにがえらいのでしょうか。

「ちったあ落ちついたらどうなんだ。おまえをみてるとせからしくていらいらするぜ」

コヨーテがよびとめますと、

「あんたのために生きてるわけじゃないよ」

ミチバシリはこたえて、

「ああ、つまんないことで道草をくった！！」

すてゼリフをのこすと、地平線のかなたへ小さくなって行きました。

「ちくしょう、うまいこといいやがる」

コヨーテはしたうちをして、これからはもっと自分本位に生きていこう、と心にきめました。

が、当のミチバシリはいちいち考えて答えているわけではありません。

考えているヒマさえないのです。

ただひとつたしかなのは、彼がいつも走っていなくては、ミチバシリではなくなってしまう、ということでした。

そうじ屋のそうじ

ワニにとってワニドリは、なくてはならぬ存在です。

大食らいのワニが虫歯にならずにすんでいるのは、ワニドリがいるおかげでした。

河岸に上がったワニが、口をあけると、どこからともなく飛んでくるワニドリが、口の中に入って、歯のあいだにつまった食べカスをそうじしてくれます。

そうじの間、ワニは気分よさそうに目を細めてじっとしています。

いくら意地きたないワニでも、ワニドリを食べることはありません。

その日もワニは、一羽のワニドリに口そうじをさせていました。

はじめのうちは、大口をあけていたのですが、しばらくするとあごがつかれてきます。

たいていのワニドリは小まめに外へ出て、ワニが口をふさぎ、しばしあごを休ませる気くばりをするのですが、その日のワニドリは気のきかないやつで、いつまでたっても出てくれません。

大切なワニドリですから、ワニの方が気をつかって、しだいに重くなる上あごをけんめいに持ちあげていました。

が、「仕事熱心な」ワニドリは、そんなワニの気持も知らず、どんどん奥に入ってきます。

「おい、ちょっと出てくれよ」

ワニはいおうとしましたが、舌の上にワニドリがのっかっているものですから、言葉が出ません。

そこでセキばらいをしてみましたが、トリはいっこうに意にとめる風《ふう》もありません。

ワニはついに耐えきれなくなると、パクンとあごをとざしました。

びっくりしたのは、ワニドリです。

あたりがまっくらになったので、はばたいて大さわぎをしました。

そこで口をあけてやれば、何ごともなかったのですが、ワニにとって思いがけないことがおこりました。

口の中のものがあばれると、ワニは反射的に、食べてしまうくせがあったのです。

つぎのワニドリは、そんなこととも知らず、前のワニドリのあとしまつをすることになりました。

時の氏神《うじがみ》

ナマケモノはほとんど動きません。

長いツメを枝にかけてぶらさがり、ジャングルにスコールがおそってきても、場所を移すでもなく、体にコケがはえても、ふりはらおうとするわけでもありません。

時おり、おなかがすいてくると、ゆっくりと、動いているのかどうかわからないほど静かに、木の実を求めて枝をつたって行きます。

彼等に恋のチャンスがおとずれるのは、おたがいの移動中に出会った時です。

「………やあ」

オスが（五分ほどかけて）声をかけますと、

「…………あら」

メスが（六分ほどたってから）答えます。

「……このあいだ、会いましたっけねえ」

オスが（二十分ほどかけて）たずねますと、メスは、

「……ええ、そうでした……かしら」

（二十五分ほどかけて）答えます。

ナマケモノの「このあいだ」というのは、一、二年ほど前、ということなのです。

「その時、あなたにプロポーズしたはずなんですけど……おぼえています？」

オスが（一時間がかりで）問いかけます。

「………」

メスは十五分ほど考えてから、

「ええ……それは大切なことですもの……おぼえていますわ」

と、（一時間半かけて）答えました。

「では、プロポーズをうけてもらえますか？」

オスは、今度はナマケモノらしくなく、たたみかけます。

この機会をのがすとあと何年、メスに出会えないかわからないからです。

「はあ……でも……」

メスは口ごもりました。

軽がるしく受けいれて、自分が安っぽい存在だと思われたくなかったからです。

それに相手が、ただの遊びでそういっているのでないことも、たしかめなくてはなりません。


こんな時、ジャングルには恵みのスコールがおとずれることになっています。

「あ、雨だ。ぼくの腕の中に入りなさい」

オスにいわれてメスは（信じられない早さで）オスのふところへ……。

こうして二匹はめでたく結ばれるのですが、実のところふたりが「このあいだ出会った」相手だったかどうかは、時間がたちすぎていて、よくわからないのでした。

善人の悲劇

サバンナに生きている草食動物たちの間で、一番信頼を集めているのはキリンでした。

首の長いキリンは遠くまで見わたせますから、

「おうい、南の方からチーターがやってくるよ」

近場で草をはんでいるカモシカたちに教えてやることが出来ます。

又、木の上からえものをねらっているワシやタカを目ざとくみつけると、首を下ろして地リスたちに、

「早く巣穴ににげこんだ方がいいよ」

と、ささやいてやったりもします。

が、背の高いことは、キリンにとって弱みでもありました。遠くや、高みからものを見ることは得意でも、自分の足もとについてはおろそかになりがちでした。

ある日、キリンが地平線のむこうに見える竜巻きに気をとられているすきに、ライオンがしのびよっていたのです。

草食動物たちがあわてて逃げ出したのに気づいた時は、もう手おくれでした。

それからあとのことは申しあげるまでもないでしょう。

日頃、お世話になっていた動物たちは、キリンほど親切ではありませんでした。

男前

草原で一番モテるクジャクといったら、だれもが「あいつ」とクチバシをしゃくります。もっとも「あいつ」とよぶのは、人気を一人じめされて、くやしい思いをしているオスたちだけで、メスたちに同じ質問をすれば、みながみな、ひとみをうるませて、

「あの方」

と、よぶのです。

なるほど、見栄えのすこぶる良いオスでした。

頭上にすっくとのびた冠毛《かんむりげ》は、さながらヤグルマギクの花束のよう。かたちのよいえり足は七宝焼《しっぽうや》きを思わせる青紫の羽毛におおわれ、とりわけ体の三倍はあろうかというふさふさの尾は、たたんでいてさえ七色の光沢《こうたく》にきらめいていま

した。

その尾をさやさやとそよがせて歩けば、まるで地上の虹が流れるようです。うっとりしたメスたちがすいよせられるようにあつまってきますと、彼はこの時とばかり、尾羽を二、三回ふるわせてからそれを扇《おうぎ》のようにひろげます。

その美しいこと、まばゆいこと、この世のありとあらゆる宝石が、そこにちりばめられているのではないかと思えるほどの見事さでした。

メスたちは感嘆の声を上げることも出来ず、息をのんだまま、その満艦色《まんかんしょく》に魅入《みい》られてしまうのです。

彼は自慢《じまん》の扇を風になびかせながら、まんべんなくメスたちに見せつけて、しばし、「選ばれてあることの恍惚《こうこつ》」に身をゆだねるのでしたが、そんな身にも気に染《そ》まないことがあるのが世の常です。

彼の不満はただひとつ、一羽だけ自分に見向きもしないメスがいることでした。

「なんだ、あいつは」

彼はいつもメスたちの群の外にいる彼女を横目で気にしていました。

「俺の魅力がわからないなんて。頭がおかしいんじゃないのか？」

「いや、本当は俺に気があるのに、俺があんまりモテるから、すねているんだ」

「それとも、自分なんかどうせ相手にしてくれっこないと、はなからあきらめて遠くにいるのかもしれないぞ」

「たしかに、とりたてべっぴんていうわけじゃないしな」

「だったら、あんなやつの一羽や二羽いたって、気にするこたぁないじゃないか」

彼は心の中であれこれ思いめぐらせて、彼女のことを気にすまいとつとめましたが、そんなにあれこれ気をもませる存在は、彼女をおいてほかにいなかったことも、たしかでした。


そこである日、彼は思いあまって、いつもよりいっそう尾羽をそびやかしながら、彼女のもとへ近づいて行きました。

「ヘイ、彼女……」

彼が声をかけると、彼女は鼻をならしてそっぽを向きました。

「どうしたんだい、いつもシラけててさ」

彼はこれみよがしに扇をふるわせて、彼女の前にまわります。

「俺がたったひとりのために、羽根をひろげてみせることなんて、ないんだぜ」

が、彼女は、彼の自慢の尾羽根にいちべつをくれただけです。

そこまでサービスすれば、どんなメスだってクラッとするにちがいないと思っていた彼は、さすがにむっとなりました。

「君がすねていることくらい、わかってるんだ。もっと素直になったらどうだい」

すると、彼女は目を三角にして向き直りました。

「あんた、羽根を広げてる時の、自分のうしろ姿、見たことあんの!?」

まもなく彼女は、風采《ふうさい》の上がらない、けれどお尻のきれいな、オスと結婚しました。

大物

オオサンショウウオは、川の生き物たちから「御大《おんたい》」と呼ばれておりました。

きわだって体が大きいわりに、いばるわけでもなく、川底の石と見わけがつかないような地味な体色《たいしょく》で、日がな一日ひっそりとしています。

たまにしばたたく銀色の小さな眼はあくまでも温和で、まるで川に生きるすべてのものたちを祝福しているかのようでした。

人間たちが天然記念物として保護しているだけのことはありました。

生存競争のはげしい自然界にあって、そんなにおっとりとして、のうのうと、慈愛にあふれた風情でいられる生物がいることこそ、記念物に価するというものです。

「御大」のまわりには、いつもその「徳」を慕《した》って小魚がむらがっています。

しかし彼は、そんな取り巻きに声をかけるでもなく、そしらぬふりでまどろんでいるばかりでした。

が、おろかな雑魚たちは、彼等の仲間が夜ふけになると二、三匹ずつ、ひっそり姿を消していることに気づいておりませんでした。

そして、オオサンショウウオの図体《ずうたい》がなぜ、そんなに大きくなったのか、ということに考えをいたす魚もいなかったのです。

アナグマ計画

アナグマはその名の通り、穴ほりの名人です。

今日も今日とて、自分のあたらしいすまいをせっせとほっていました。

今度の穴は、土の質もよく、間取りも思い通りに仕上がりそうです。

「この穴をほり終えたら、ぼくもそろそろお嫁さんをもらって、家庭を築くとするか」

鼻唄まじりに作業をしていますと、タヌキがようすをのぞきにきました。

「いやあ、なかなかいごこちのよさそうな新居だねえ」

「……そりゃ、どうも」

アナグマはとり合わないようにして、トンネルをほり進みます。

と、タヌキは入口のほうへもどって、

「おーい、おまえ、ちょっときてごらん」

おくさんに声をかけました。

「アナグマくんが、すてきな穴をほってるよ」

すると、

「あら、そう。どれどれ」

奥さんの声がして、穴の中へ入ってくる気配です。

「まあ、ほんと。ひんやりして気持ちいいし、小部屋もたくさんあって、使いやすそう。ひとり者のアナグマさんには広すぎるくらいね」

話がだんだん、変な方向になって来ました。

アナグマが無視していますと、奥さんはおもてにでて、

「みんな、ちょっと来てごらんなさい」

子供たちを呼んでいるようすです。

とたんに、ザワザワとした気配《けはい》とともに、

「わあ、いいね」

「こんなとこに住みたいね」

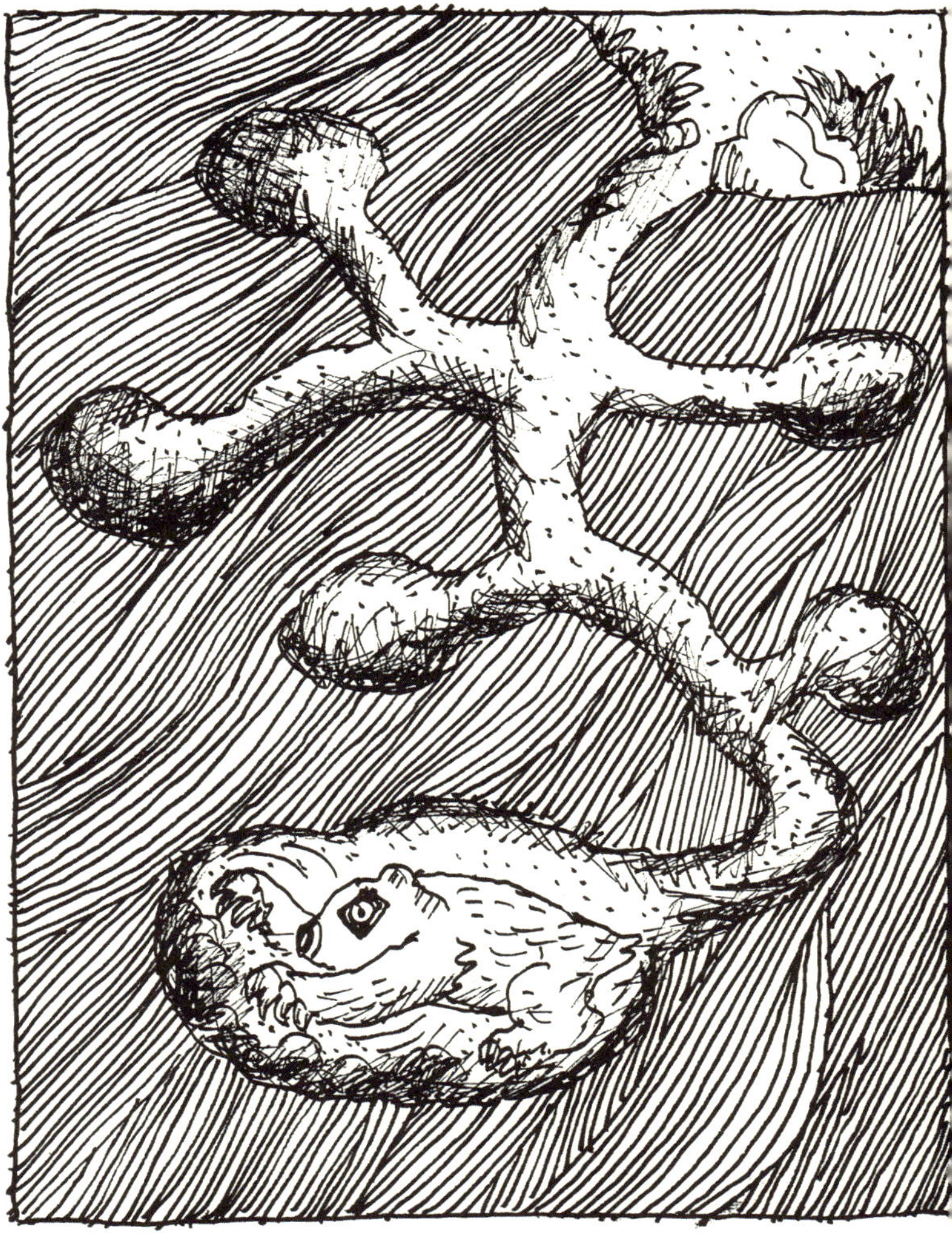

「外は暑いから、ちょっと休んでいこうよ」

子ダヌキたちの無遠慮な声がなだれこんできます。

「ぼく、忙しいんだけど……」

たまりかねたアナグマがふりかえりますと、

「いいからいいから。じゃまする気はないから、おかまいなく」

タヌキはひじまくらで答えました。

こんなのは今に始まったことではありません。

アナグマはいつも、自分のすみかをタヌキに居座られ、いつのまにか乗っ取られてきたのです。

が、今度のすまいばかりは、そうさせたくはありませんでした。

アナグマはまもなく出口をあけると、タヌキたちに声をかけました。

「あの、ぼく、ちょっと失礼するけど、いい?」

「どうぞどうぞ」

思うつぼのタヌキは笑いながら答えました。

アナグマが留守のすきに、それぞれの部屋をわりふって居ついてしまうつもりです。
アナグマはおもてへでると、
「おーい、森のみんな!!」
きこえよがしに声をはり上げました。
「みんなにたのまれてた公衆トイレが出来上がったよ。
自由につかってくれていいからね!!」
タヌキの家族が逃げ出したのはいうまでもありません。
そしてアナグマは晴れて幸せな家庭を築くことができたのです。
森の公衆トイレ？　そんなものあるわけないじゃありませんか。

カンちがい

牛がのどかに鳴き交わしている牧場です。

近くの小川から、一匹のトノサマガエルが上がってきました。

そして、とりわけ大きな牛の足もとにくると、顔を赤くしておなかをふくらませはじめたのです。牛ははじめ、カエルがどういうつもりなのかわかりませんでした。

と、小川のほとりで、カエルたちが声援を送っているようすなので、

「おい、カエル、ひょっとして俺とはり合ってるのか？」

と、たずねました。

カエルはだまってうなづくと、いっそういきんで口をへの字にまげ、目の玉を飛び出さんばかりにして、おなかをパンパンにはちきれさせます。

「おい、無理するなよ」

牛は見かねて声をかけました。

「いくらがんばったって、俺より大きくはなれっこないさ。それに、そんなに息をすいこんだら腹がパンクしちまうぞ」

その時、目いっぱい体をふくらませたカエルは、

「ゲエーロ!!」

耳をつんざくようなひと声を発したのです。

どんな牛よりも大きな声でした。

トノサマガエルは、あっけにとられた牛たちを尻目に、大いばりで川にもどって行きました。

ネズミのそこぢから

森のどうぶつたちの中で、いちばんバカにされていたのはネズミです。

ネズミは小さいうえに気がよわくて、いつもものかげをかけずりまわって生きています。

そんなネズミのことを、気にかけてやるどうぶつたちは、一ぴきもおりません。

森では、なにかあるたびにどうぶつたちがあつまって会議をひらきます。

ネズミたちも、もちろん代表を会議におくりこみますが、ネズミがなにをいっても、どうぶつたちはきこえないふりをするのがつねでした。

たいした議題じゃないことがほとんどなので、それはそれでもかまわなかったのですが……。

ところがある日、森に大じけんがおこったのです。

大雨がつづいたせいで、川の土手にあながあき、ほうっておけば森じゅうが、水底にしずんでしまう、というのです。

どうぶつたちは、あわてて会議をひらきました。

「おい、どうしよう」

「あなが小さいうちにうめないと、とんでもないことになるぞ」

「そうとも。石であなをうめるんだ」

「みんなで手わけして、しごとにかかろう」

「そうだそうだ」

みんなが、こえをあげます。

ところが、どうぶつたちはこれまでに、力をあわせてなにかをやったということがありません。

ましてや、よごれしごとをしたことのあるものなど、一ぴきもいないのでした。

「さあ、なんとかしようぜ!!」

おたがいに、こえをかけあっても、だれが、なにから、なにを、どうしたらよいかもわからず、おろおろしているばかりでした。


けれど、めでたいことに、こうずいはおこりませんでした。

どうぶつたちは、きょとんとしてかおを見あわせながら、「これは、おれたちのおこないがいいから、きせきがおこったんだ」

「そうとも。おいのりが天につうじたんだ」と、いいあったものでした。


が、じつはちがいます。

ネズミたちが、なかまで力をあわせて、ひそかに土手のあなをうめていたのです。

「会議なんかにでていたら、間にあわなかったねぇ」

「いつも助けあって、しごとをしているから、こんな時には心づよいねぇ」

ネズミたちは、しみじみかたりあったものでした。

そんなネズミたちが、明日の会議に出てなにかいっても、だれも相手にしてはくれないのです。

知らぬが花

川岸の木の枝に一羽のカラスがとまっていました。クチバシにはうまそうな肉のかたまりをくわえています。

それを目ざとくみつけたキツネは、猫なで声で木の根かたにすり寄りました。

「やあ、カラスさん。おれはかねがね、あんたの声の美しさに聞き惚れているんだよ。せっかくこんな近くにいるんだから、ひと声だけでも聴かせてくれよ」

そういわれれば、カラスもまんざらではありません。

さっそくひと声、

「ガァ」

しわがれ声をお披露目します。

当然のごとく、クチバシから肉が落っこちます。

キツネはすばやくそれをうばうと、

「やい、まぬけ。だれがお前の声なんか聞きたいもんか。おれの目当てはこの肉だったんだ、あばよ」

キツネはすてぜりふを残すと、肉をくわえてさっさと消えてしまいました。

カラスはそれを悠然と見送ると、土手へ舞いおりて、川のせせらぎでうがいをしました。

肉は農夫が、ニワトリをキツネから守るために、鶏舎《けいしゃ》のまわりに撒《ま》いた毒餌《どくえ》でした。

カラスはそれを、仲間たちがうっかり食べないよう、川へ捨てにきたところだったのです。

キツネのしかえし

キツネはトラの子分でした。

すきで子分をやっていたわけではありません。

トラのいいなりになっていないと、食べられてしまうので、しかたなしに使い走りをしていたのです。


「やい、キツネ!!」

ある日、キツネはトラによびつけられました。

「おまえ、ライオンていうやつを知ってるか」

「は？　ええ、たしかとおい国の親玉で、たてがみのふさふさした、たいそうつよいどうぶつだそうで……」

おそるおそるキツネがこたえますと、

「たてがみ……?」

トラはつるんとした首すじをなでました。

「そのライオンが、どうかしましたかい?」

キツネがたずねますと、トラはこたえました。

「さっき、ベニスズメがうわさしとったんだが、そのライオンとかいうやつが、なにやら、おれのナワバリをあらしにきやがるっていうはなしだ」

「はあ……そりゃ、たいへんですな」

キツネがヒゲをふるわせますと、

「おまえ、ちょいとライオンのところへ行ってこい」

トラはめいれいしました。

「ヒェッ」

キツネがしゃっくりみたいな声をあげます。

「ライオンのとこへ行ってだな、『トラの国じゃヘンなびょうきがはやっているから、

こないほうが身のためだ』とつたえろ。

いいか!!」

いうことをきかないと、食べられてしまいますから、キツネはさっさとライオンの国へ使いに走ることとなりました。


お月さまが三回ほど満月になったころ、キツネはヘトヘトになったようすで、もどってきました。

「どうだった、キツネ」

まちかねたトラがたずねますと、

「どうにもこうにも……あたしゃ、あんなおそろしげなけものに、はじめてお目にかかりやしたぜ」

キツネはしたで息をしながら、はなしはじめました。

「ライオンの親玉がいうには、『このごろ、トラとかいうやつのナワバリから、こっちへにげこんでくるどうぶつが多くて、めいわくをしておる。

トラはよっぽど、みんなをひどい目にあわせておるらしいな。こんど、どうぶつどもがにげこんできたら、わるいびょうきもろとも、ほろぼしてくれるから、そうつたえろ!!』と、こうですぜ」

キツネが話しおえると、

「そ、そうか……おつかれさん」

トラはひとことというと、それきりねこんでしまいました。おもえばトラが、キツネにねぎらいのことばをかけてくれたのは、それがはじめてのことでした。

つぎの日、キツネはベニスズメたちにパンくずをふるまってごきげんでした。

「作り話をトラにふきこんでくれて、ありがとうよ。おかげでトラのやつ、すっかりおとなしくなっちまったぜ。

ライオンの国? あんなにとおいところまで歩いていけるわけがないだろう。

おれは山おくのおんせんで、ほね休みをしていただけさ」

自業自得

うらうらとした春の日です。

冬眠からさめたばかりのヘビは、石垣のすきまから頭だけ出して、ひなたぼっこをしていました。

すると、二つ、三つ下の石の間から、ヘビのしっぽがのぞいています。

「図々しいやつだ」

ヘビはとたんに目がさめました。

「ひとのナワバリにもぐりこんできやがって」

ヘビは相手に気づかれないようにのびあがると、
ガブ。

そのしっぽにかぶりつきました。

同時にヘビは、敵が自分のシッポにくらいついたのを感じました。

相手も石垣の奥から、自分のシッポをねらっていたのです。

「何くそ!!」

ヘビはくわえたシッポをひっぱりました。すると相手も自分をひっぱるのです。

「ウーム、手ごわいやつだ」

へびはシッポをかんだまま、うめきました。

「ここでシッポをはなしたら、こっちの敗けだぞ。こうなりゃ、根くらべだ」

こうしてヘビは、くわえているのが、もともと自分のシッポだということにも気がつかず、輪《わ》っかのような状態になったまま、びくともできなくなってしまいました。

今でもそうしています。

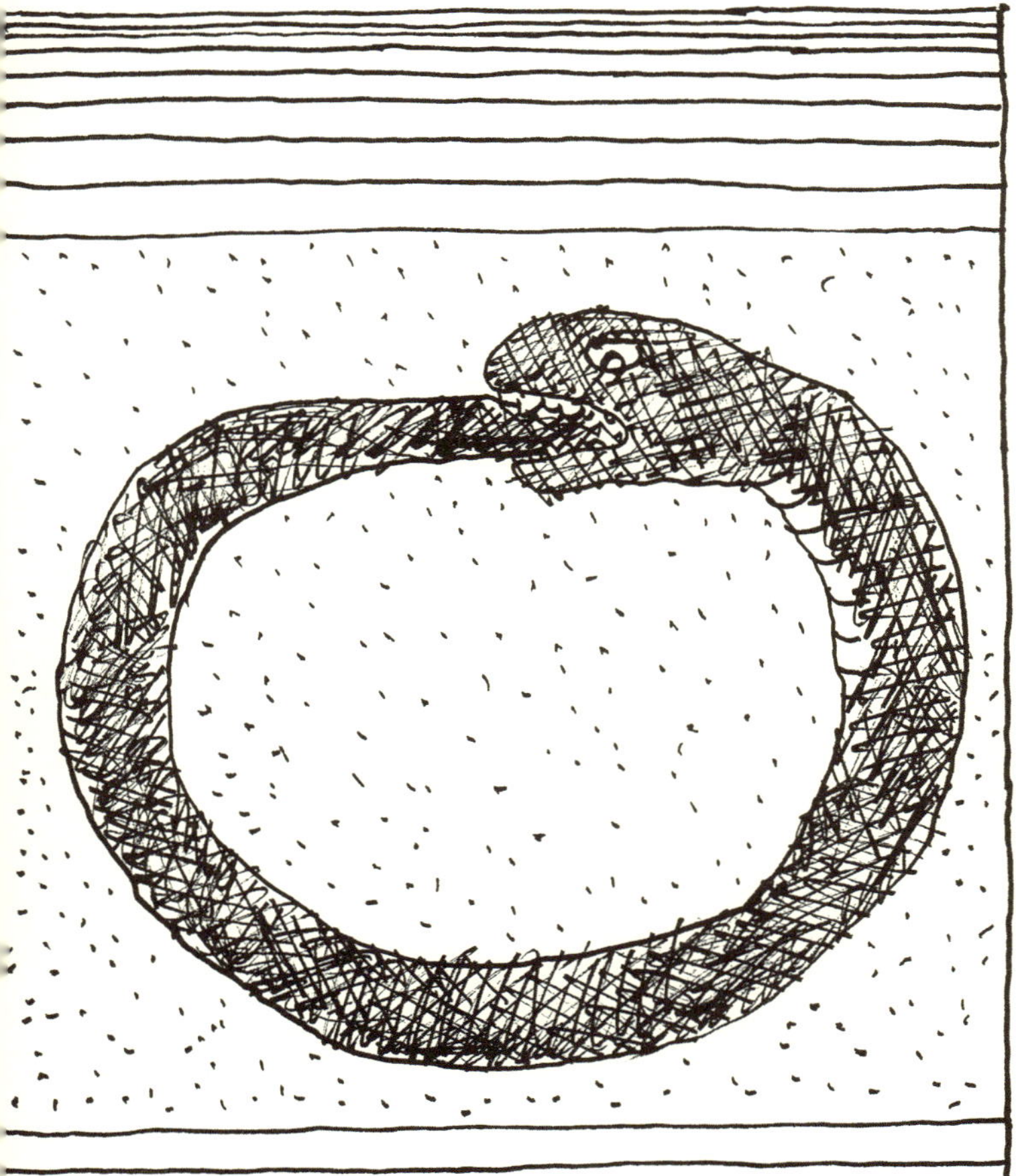

類は友

コマドリとナイチンゲールは、どちらも美声の持ち主です。

そして二羽ともわれこそ鳥類の中で一番の歌い手だと自負していました。

ある日、二羽が森ではち合わせをしました。

日頃、相手の鼻をへし折ってやりたいと思っていた二羽でしたから、どちらからともなく、

「歌くらべをしようじゃないか」

という話になりました。

「望むところだ。勝ち負けは、どっちが多く鳥のメスを集められるかだぞ」

「いいとも」

最初にコマドリが歌うことになりました。

森で一番高い木のてっぺんで、ピッコロのように澄んだ声をひびきわたらせますと、それをききつけて、沢山のメスが集まってきました。

「どうだ」

と、いわんばかりに、コマドリがナイチンゲールを見やりますと、

「フン」

ナイチンゲールはせせら笑いました。

「集まってきたのは、みんなコマドリじゃないか」


つぎはナイチンゲールの歌う番です。

一番高い木のてっぺんで、フルートのように妙《たえ》なるしらべをうたい上げます。

それを耳にして、あたりからはおびただしいメス鳥がとんできました。

が、

「みんなナイチンゲールのメスばっかり」

コマドリはいい返しました。

その頃、森のはずれでは、コマドリやナイチンゲールよりも、沢山のメスをうっとりさせている鳥がおりました。それもきくに耐えないダミ声で。

カラスです。

そして集めていたのはカラスばかり。

かしこいヒバリ

草むらにこさえた巣の中で、ヒバリのお母さんが、タマゴをあたためておりました。と、すこしはなれたものかげから、ヘビがようすをうかがっています。

鳥のタマゴは、ヘビのいちばんの好物です。

ヘびは、ヒバリのお母さんをおどかして、とび立ったすきに、タマゴをひとつのこらずのんでやろうと、たくらんでいたのです。

ヘびは音もたてずにしのびよると、今にもとびかかろうと身がまえました。そのとき、

「ヘビさん、こんにちは」

ヒバリのお母さんが、いちはやく声をかけたのです。

ヘビはびっくりして、くびをすくめました。

ヒバリは、たたみかけるようにいいました。

「ヘビさんは、私のだいているのが、ヒバリのタマゴだとおもってるんでしょ。でも、おあいにくね。私はトカゲさんにたのまれて、今日はとくべつに、トカゲさんのタマゴをだいているのよ」

「ト、トカゲのたまごかあ……」

ヘビはしたうちをすると、

「そいつは、のむ気になれねぇなあ」

そそくさときえてしまいました。


ところがヘビは、しょうこりもなく、つぎの日もヒバリの巣をねらいにきたのです。

ヒバリは「きのうだけとくべつに」トカゲのタマゴをあずかっている、といっていました。

と、いうことは、今日だいているのは、自分のタマゴにちがいありません。

へびはきのうとちがうばしょに――きのうよりじょうずに――かくれると、すきをみておそいかかろうと、カマ首をもたげました。

が、ヒバリはまたしても、ヘビがいるのを見やぶってしまいました。

「あらヘビさん、いらっしゃい。

せっかく私のタマゴをお目あてできたのに、もうしわけないけど今日は、カメさんにたのまれて、カメさんのタマゴをだいているのよ」

「カ、カメだと……?」

ヘビは、うかないかおつきになりました。

「カメのたまごは、ゾッとしねぇな」

と、ヒバリのお母さんが、いいつのりました。

「私たちはいのちがけでタマゴをまもって、まじめにくらしているのよ。

ヘビさんは、ひとのものをぬすんで生きていられるなんて、のん気でいいわね。

でもいいかげんにまっとうなしごとをしないと、みんなにバカにされてよ」

それをきくとヘビは、きゅうにうなだれて「まっとうなしごと」をさがしに、どこかへでかけてゆきました。

ヘビは、トカゲやカメのタマゴが、あたためなくてもかえることを、しらなかったのです。

しばらくして、ヒバリのタマゴはめでたくヒナになると、お母さんといっしょに、大空へとびたってゆきました。

取り越し苦労

ダチョウは産み落としたタマゴを砂の中に埋める習性を持っています。

熱い国のことですから、地上へさらしておけば、ゆでタマゴになってしまいます。

ひんやりとした砂の中において置く方が、フ化にはちょうど都合がよいのです。

が、ダチョウにはそんな科学的知識はありません。

ハゲワシなどにタマゴをぬすまれないよう、ていねいに地ならしをして、産後の、のどのかわきをいやしに、泉へ出かけて行くのでした。

が、帰ってきたらさぁ大変、どこにタマゴを埋めたのかわからなくなってしまいました。

見わたすかぎり砂漠がひろがっているばかりです。

「わあ、どうしよう、どうしよう!!」

ダチョウがいつも、息をきらしてかけずりまわっているのは、タマゴのありかをさがしているからなのです。

でも、ヒナがかえって、鳴きながら砂の上に出て来る時には、きまって再会できるのですから心配は無用です。

似た者同士

ツルとキツネはなかなか良いつれあいに恵まれないで来ました。

が、ふたりは出会ったとき、

「今度はうまく行きそうだ」

と思いました。

「だって、似た者同士なんだもの」

どこが!?　とだれもが思うでしょう。

それはともあれ、最初はツルが、キツネを夕食にさそいました。

腕によりをかけたスープを作り、一番気に入りのつぼによそって、キツネに出して
あげました。

細長いつぼに、ツルはクチバシをさしこんで、さもうまそうにすすり、

「おいしいでしょ？　さ、どんどんめしあがって」

キツネにすすめますが、キツネの口は、つぼの中に入りません。

スープのにおいだけかいで、

「ごちそうさま」

中身をのこしてしまいました。

それを見て、ツルはキツネを責めました。

「どうして残すの？　あたしがいっしょうけんめい作ったのに。

食べもしないで『ごちそうさま』だなんて、あなたは偽善者よ」


気まずい思いで帰ってきたキツネは、何とかうめ合わせをしようと、つぎの日さっそく、ツルを夕食にさそいました。

今度はキツネが自慢のスープでもてなします。

高価な平皿によそってツルに出しました。

「どうぞ」

キツネはすすめながら、うまそうにスープをたいらげました。

が、ツルのクチバシでは平らな皿のスープをのむことはできません。

ちょっとだけ、クチバシの先っちょをしめらせると、

「おいしかったわ」

ひと言いって、食事をやめてしまいました。

キツネはそれを見とがめました。

「なんだい、その態度は。ゆうべぼくが君の料理を残したのを根にもって、面当《つらあ》てをしに来たのか。

なんていや味なやつなんだ」

「そう思いたけりゃ、思うがいいわ!!」

ツルは奮然《ふんぜん》と席を立ってしまいました。

そしてそれきり、二人がデートすることはありませんでした。

が、二人はたしかに似た者同士ではあったのです。
「相手のつごうに気がまわらない」という点で。

思いこみ

猟師にとってブドウのしげみは、シカ狩りのおいしいポイントでした。

「馬鹿というだけあって、奴らときたら、何頭撃ち殺されても、こりずにあそこへ餌を食《は》みに来るんだものなぁ、やめられないぜ」

猟師が鉄砲を撫《ぶ》しながら、くだんの場所へやってきますと、案の定、今日もブドウの葉をむさぼっている音がします。

広い葉がガサガサと鳴っているあたりに狙いをつけて、
ダン!!

猟師はひきがねを引きました。

とたん、しげみが静まり返ります。どうやら一発で仕止めたようです。

「ふふん……」

猟師は鼻を鳴らして近づきますと、ブドウのしげみをかき分けました。

が、何とそこにシカの死体がありません。

逃げたのならば、しげみをかき分ける音がしたはずです。

「どういうこっちゃ……」

猟師があっけにとられていると、背後から地をかくヒヅメの音が迫ってきました。

ふり返るいとまもありません。

猟師はシカの角に尻を刺され、空中にほうり出されますと、四つん這いで逃げ出しました。


シカはブドウのつるをくわえてはなれた場所からしげみをゆらし、猟師にムダ撃ちをさせたのでした。

「馬といっしょにされなけりゃ、鹿だって知恵を使うのさ」

シカはこうして餌場《えさば》をとりもどし、猟師は腰痛のせいで廃業する破目になりました。

最後の審判

黄テンと青テンはいつも、おたがいの毛並みの美しさを張り合っておりました。

「どう？　あたしの肩から腰にかけての、しなやかなスロープにきらめく金色のかがやき。どんなけものだって、この美しさにかなうものはないわ」

黄テンが小鼻をそびやかせば、青テンだって敗けてはおりません。

「なによ、あんたなんてケバケバしいだけじゃない。あたしの、銀河のような毛並みのエレガントさにくらべれば、ものの数じゃないわ」

二匹はそこで、

「フン!!」

きまって、そっぽを向きあうのでした。

けれど、会うたびにいがみあっていても、何の解決にもなりません。

そこで二匹はある日、第三者にどちらの方が美しいか、答えをだしてもらうことにしました。（二匹の意見が合ったのは、その時が、あとにも先にも、はじめてのことです。）


二匹がおしかけたのは、冬眠に入ったばかりのクマのところでした。

「クマさん、どう思う？」

「あたしたちの、どっちがきれい？」

寝入りばなをゆり起こされたクマは、生ぐさいあくびをひとつすると、

「べつに……」

ねぼけ声でこたえました。

「黄色いテンと、青いテンだろ……同じテンにかわりはないよ」

二匹はそれをきくと、お礼もいわずにクマのところをあとにしました。

「クマなんかじゃダメよ」

「もっと物のねうちのわかるヒトのところへ行きましょ」

そうして二匹がおとずれたのは、木こり小屋でした。

きこりは暖炉《だんろ》に火をくべ、これから夕食のしたくにとりかかるところでした。

「ねえ、きこりさん、あんたにはわかるでしょ」

「あたしたちのどっちがきれい？」

二匹がたずねますと、きこりは思いがけない客に、ニヤリとわらって、

「そりゃ、どっちもなかなかのべっぴんさんだがな……」

まきを取るふりをして、暖炉のうらから鉄砲をとり出すと、あっというまに二匹を撃ちころしてしまったのです。

「あんたたちのねうちは、毛皮にしなきゃ決まらねぇだよ」

肉の方はその日の夕食のシチューにされたということです。

ウソつきフクロウ

モグラはおくびょうで、用心ぶかい生きものです。土の中にトンネルをほってくらし、めったなことでは、おもてにすがたをみせません。

土の上には、じぶんをえものにしようとしているどうぶつたちが、いっぱいいることをしっているからです。けれど、じめんの上でくらす生きものが、ほうっておいてくれるわけではありません。

たとえば、ちえのはたらくフクロウです。

夜になって、モグラがじめんすれすれまで上がってくるのをまちうけますと、木からまいおりて、シッポでさらさらとかれ葉をはらい、ねこなで声をかけるのです。

「おぅい、モグラさん。たまにはでてきてあそびませんか?」

「君はだぁれ?」

土の中からモグラがたずねますと、

「天使ですよぉ」

フクロウはこたえます。

「君のために、森じゅうを星くずでかざって、まっているんですよ」

「そりゃ、さぞかしきれいでしょうね」

モグラがこたえると、

「ぼくひとりで、そんなけしきを見ちゃ、もったいないから、かぞくにこえをかけてきますよ」

そういうなり、じめんのおくふかく、もぐってしまいました。


つぎの夜も、フクロウはまた、モグラのゆくてにまいおりますと、くちばしでコツコツとじめんをつつきました。

「モグラさぁ〜ん。ごかぞくはあつまりましたかぁ?」

「その、コツコツというのは、なんの音ですかぁ?」

モグラがききかえしますと、

「天使のつえで、たたいているんですよぉ」

フクロウは、こたえました。

「つえをふるたびに金色の粉がまいちって、夜空をかざっているんですよ。はやく見においで」

「そりゃ、すごいですねぇ」

モグラはこたえると、

「そんなようすなら、しんせきじゅうに見せてあげなくちゃ……」

またしても土のおくに遠ざかってゆきました。

そうしてモグラは二度とフクロウの声にとりあわなくなりました。どうして、ですって？

フクロウが一匹のモグラをかまっているすきに、ほかのモグラたちは森のあちこちからかおを出して、声の主が天使でないことをたしかめあっていたのですから。

フクロウはそんなこととはしらず、今夜もうつくしいウソをかんがえています。

いいがかり

森かげをぬう小川のほとりに、流れ者のビーバーがやってきました。

「フムフム。こりゃ、ぼくの好みの土地だ。しばらく、ここに住みつくとするか」

すると、川上から足音もあらくやってきたものがあります。

クマでした。

「おい、お前。まさかここに居《い》つく気じゃないだろうな。

ここいら一帯はおれのナワバリなんだぞ」

が、ビーバーはひるみません。

「森はみんなのものだろ。だったら、ここいらじゅうの鳥や虫もおいだしたらどうだい」

クマは思いがけない反論に、返す言葉をうしなうと、

「何だと……今に見てろ」

すてゼリフにもならない言葉をのこして、川上へもどって行きました。

クマをなんなくおいはらったビーバーは、やがて川岸の木をかじりはじめました。

かじった木を川の中にさしわたして、巣をこしらえるのです。

と、その音をききつけて、またクマがズシンズシンとかけよってきました。

「おい、おまえがガリガリ木をかじると、うるさくてしょうがないんだよ。

ひとに迷惑をかけるようなやつは、とっとどこかへ行っちまえ」

が、ビーバーは気にするようすもありません。

「そんなことをいうんなら、キツツキに木をつつかせるのをやめさせなよ。

そうそう。あんたのすきなミツバチがブンブンいうのもやめさせてから文句をいいにきてくれって」

「くくっ……」

クマは顔をまっかにして、また道をもどって行きました。

まもなくビーバーは、土手の木を何本かかじりたおすと、それを川の中でくみあわせて巣づくりにとりかかります。

そこへまたしてもクマが文句をいいにきました。

「やい、おまえ。そんな丸太で川をふさいだら、おれのエサのサケがのぼってこれないだろうが。

エサがなくなるとなったら、いよいよおれもただじゃすまさないぞ」

クマがゲンコをつきだしますと、ビーバーはまけずに、するどいきばをむきだしました。

「おあいにくだね。ぼくの巣はちゃんと、下をくぐれるように作ってあるのさ。

それにぼくは小魚しきゃたべないから、あんたに迷惑はかけないはずさ」

「何だと……このやろう!!」

クマは言葉につまって、ビーバーにつかみかかりましたが、ビーバーはいちはやく川にとびこむと、太いしっぽでクマの顔に水しぶきをあびせたものです。

が、川をめぐるさわぎはそれまででした。つぎの日も、つぎのつぎの日も、川辺では何ごともおこりません。

それはビーバーがあんまり口うるさいクマがすんでいる森にうんざりして、また、さすらいの旅に出てしまったからでした。

クマは、やっと平和な日々をとりもどしてホッとしている——はずでした。

が、そうではありませんでした。

「久びさに手ごたえのある話し相手がみつかったと思ったのに、おしいことをしたなあ。

こんどはいつ、つぎのビーバーがやってくるんだろう」

クマはそれまで、死ぬほどたいくつで、さびしい日々を送らなくてはなりません。

モード・チェンジ

田舎のネズミが町のネズミに招かれて都会へやってきました。

夢のような世界でした。不夜城です。

スイッチをおせば電気がつき、ビルの屋上へは、エレベーターがつれて行ってくれます。

食事は、コンビニエンス・ストアの裏手へ行けば、売れ残りの、たべたこともない食材がすててあります。

排気ガスくさい空気や、薬品の味がする水でさえ、田舎のネズミにはおしゃれなものに思えました。

すぐに帰ると思っていた田舎のネズミが、なかなか帰ろうとしないので、

「町のどこがそんなにいいのか、わからないよ」

町のネズミがいうと、

「田舎がどんなに不便でたいくつか、君は知らないからな。

よかったら、おらのうちでくらしてみればいい」

田舎のネズミにいわれて、町のネズミは村をおとずれました。

たしかに何もありません。

が、空気や水のおいしいこと。

夜には満天の星が頭上をかざり、その美しさはたとえようもないものでした。

食べ物も自然食ですし、人の良い近所のネズミたちが、何くれとなく持ってきてくれます。

ひとをうたがうことしかしらなかった町のネズミには、楽園のようでした。

順応性にすぐれた彼等のことです。日を置かずして田舎のネズミは町のネズミに、町のネズミは田舎のネズミになってしまいました。

禍福

農場にいる動物たちの中で、だれよりも不遇をかこっていたのはブタでした。

「いいよなぁ、ニワトリは。タマゴさえ生んでいれば、ほめられるんだから。それにひきかえ、ぼくは肉にされなきゃ、一文にもならないんだぜ」

ブタがぐちをいうと、ニワトリは返す言葉もなくて、

「コケッ」

ひと声鳴いてタマゴを生み落としました。

「うらやましいなぁ、ひつじは」

ブタはヒツジのところへ来て泣きごとをいいました。

「君たちは羊毛をのばしていさえすれば、ありがたがられるんだものな。ぼくには肉しか売れるものがないんだ」

ヒツジはなぐさめる言葉もなくて、

「メケメケ」

と鳴きました。

「ぼくがウシに生まれていたらなぁ」

ブタは乳牛のところへいって、こぼしました。

「君らはミルクさえ出してりゃ、よろこばれるんだもの。それにひきかえ、ぼくの身の上は……」

ブタがつらそうにいうのを、

「モウ……」

乳牛はうんざりしたようにさえぎりました。

「馬はうらやましいなぁ」

ブタは馬のところへおとずれて、ため息をつきました。

「人をのせて、元気に走っているだけで大事にされるんだから、いい身分だよね。ぼくはハムやソーセージになる以外に、何の芸もないんだぜ」

馬は聞こえないふりをして、どこかへ走り去りました。


やがて運命の時がきました。

ブタは仲間たちと共に市場へ運ばれます。

が、その時、農場主が「悩めるブタ」に目をやって使用人に命令しました。

「このブタははずせ!!　こんなにやせていちゃ売れやしない」

そして、

「エサをやっても太らないブタなんか、病気にちがいない。森へ放しちまえ」

思いもよらない処置にあずかったのです。

心配症で太れなかったブタは、こうして自由を手に入れ、ブタがうらやましがった
ほかの家畜たちは、やがて用済みになると肉にされました。

身のほど知らず

モズは、体こそ小さいものの、するどいクチバシをもち、タカによくにたすがたの、たけだけしい鳥です。

かりうどとしてのうでも大したもので、バッタなどの虫から、トカゲ、ネズミ、モグラなどの動物や、鳥までをえじきにしてしまいます。

が、モズのいけないところは、はらがへってもいないのに、えものをとりまくるくせでした。

たべもしないえものは「はやにえ」といって、木のえだにさしたまま、わすれてしまいます。

そんなモズのやりかたを見るに見かねて、ある日、カラスが声をかけました。

「おい、モズ。

おれも相当いろんなものをとって食うけど、食べるつもりのないものの命までうばうようなことはしないぜ。

エサといったって、みんなおなじ森にくらす仲間じゃないか。

遊びでころすようなことは、かんしんしねぇな」

するとモズは、金切り声をあげて、いい返しました。

「あんたみたいに、人間のゴミまであさるやつに説教されたかないね。

それにおれの趣味は狩りなんだ。ひとの楽しみに口を出すんじゃねぇ」

それをきいてカラスは腹を立てると、

「じゃ勝手にするがいい。けど、これだけはいっておくが、自分より弱いものをつかまえていばっているのは、みっともないぞ。

おまえがそんなにりっぱなかりうどなら、自分より強いものをしとめてから、いばるんだな」

と、やり返しました。

「いくらおまえが強がったって、人間をはやにえにはできまい」

「ケッ。目にもの見せてやる」

売り言葉に買い言葉です。

モズはタンカを切ると、どこかへ飛び去って行きました。

モズが人家のまわりに出没するようになったのは、それ以来のことです。

彼はひそかに、カラスの鼻をあかしてやろうと、人間をつけねらっているのですが、
手も足も出ずに、くやしさのあまり、

「キリキリ!!」

と鳴き、カラスはそれを見て、

「カッカッカッ」

と笑っています。

芸は身を助く

太陽が燃えさかる夏の日々、キリギリスは美声で歌い、メスたちを追いまわすことにうつつをぬかしてすごします。

一方、アリたちは浮わついたことには目もくれず、寝る間もおしんでエサをさがし、巣穴にはこぶことにいそしんでいます。

そのようすを見て、キリギリスは鼻でせせら笑いました。

「おいおいアリたち。人生は一度っきゃないんだぜ。それなのにこの炎天下、青息吐息で働くことしか頭にないのかよ。もちっと青春を謳歌《おうか》すればいいのに、信じられないな」

が、アリたちは何もいわずに、黙々と働きつづけました。

やがて短かい夏がすぎ、秋が来て、雪が舞いそめるころ、アリの巣をたずねて来る者があります。

戸をあけると、そこに立っていたのはキリギリスでした。

尾羽打ち枯らした様子で、

「助けて……食べ物をめぐんでください」

と、すがりました。

「夏の間は、こんなことになるとは思いもしなかったんで」

するとアリは、

「今さら何をいってるのよ。あんたは夏のあいだ、働きもしないで歌ばかり唄ってくらしていたんだから、しょうがないじゃない。

おまけにアリのことまでバカにして……あたしたちはその間の努力があってこそ、こうして冬をしのげるっていうのに、おすそ分けにあずかろうだなんて、ムシがよすぎるってものよっ」

アリが戸をしめようとするのを、

「そういわずに……」

キリギリスはおしとどめますと、切々たる調子でロマンチックな歌を唄いました。

それを聞くと、アリたちは不覚にもすっかり魅せられてしまいました。

思えば、肉体労働から解放された今、アリたちがもっとも渇《かつ》えていたのは、「うるおい」だったのです。

二、三曲歌って、アリたちの心をすっかりとろかすことに成功したキリギリスは、アンコールに迎えられて、まんまと巣穴に招かれますと、冬の間を、おもしろおかしく生き永《なが》らえたのでした。

季節限定

そのウサギは森一番のアイドルでした。

ただのウサギではありません。

森のウサギたちは皆、どろをぬったような褐色《かっしょく》の体毛なのに、その「街《まち》からきた」ウサギときたら、雪のように真白い体なのですから、目をひくことこの上ありません。

おまけに「街っ子」らしく、物腰や言葉づかいも洗練されていて、流し目なども堂に入ってますから、オスのウサギたちは、たちどころに心をうばわれました。

彼女が通りすがるたびに、うっとりとみつめ、いくらか勇気のあるものは、

「何かお手伝いできることはありませんか？」

「困った時には、いつでも声をかけてくださいね」

などと、もみ手をし、もっとあつかましい者は、

「秘密のイチゴ畑に行きませんか？」

鼻をひくつかせて誘《さそ》いをかけます。

が、彼女はとりあおうともしません。

「どうも……」

「またね……」

あたりさわりのないことをいって、適当にあしらいながら、内心では、

「ったく、身のほど知らずの連中ばっかり」

と毒ずいていました。

「街のオスたちに愛想をつかして引越《ひっこ》してきたこのあたしが、あんな野暮《やぼ》ったいやつらになびくとでも思ってるのかしら」

が、やがて夏がすぎ、秋がさって、森に小雪が舞い落ちる頃になりますと、オスたちの態度が変わりはじめました。

それまでは何くれとなく声をかけ、チヤホヤしてくれていた彼らが、急によそよそしくなったのです。

そうなると、さしもの彼女も心おだやかではなくなってきました。

「なんで？」

ウサギは自分に問いかけて、自分勝手にいいつくろいました。

「あたしがとりあってやらないんで、きっと、ひがみはじめたんだワ」

が、それはとんだ見当ちがいでした。

自分のことにしか興味のなかった彼女は、メスウサギたちが一匹のこらず、自分より白い、冬毛に衣がえしていることに気づかなかったのです。

そして森のメスウサギたちはみな、とても気立てがよいのでした。

巣立ち

迷子になったウズラのヒナが、お母さんをさがして草かげをさまよっていますと、イタチにばったり出くわしてしまいました。

ウズラには天敵です。

ヒナはとっさに体を丸めて「石」のふりをしました。

イタチはそんなこと、とっくにお見通しです。

けれど、すぐに食べてしまうのも芸がないと思い、ひまつぶしにからかいました。

「おい、石。なんだかウブ毛がはえてるな」

「…………」

ヒナはうっかり答えそうになりましたが、石がしゃべっては変なので、口をとざしてじっとしています。

「おい、石」

イタチは面白がって、いいつのります。

「ふるえてるんじゃねえか？　めずらしい石だな」

ふるえるどころか、ウズラのヒナはクチバシをカタカタならしていました。

すると、イタチはヒナに顔を近づけて、

「ずいぶんうまそうなにおいのする石だな」

鼻をひくつかせます。

「この石は、かんだら、さぞかしやわらかいんだろうな」

ヒナは生きた心地もありません。ひたすら体をかたくして、目をぎゅっととじました。

イタチはますますおもしろがります。

「ちょっと、やわらかいかどうか。ためしてやろう」

するどいつめで、ヒナの横腹をはじきました。

そのとたん、ヒナは思わず、

「ピヨ!!（お母さん）」

声を出してしまうと、はじかれたいきおいで、小さなつばさをはばたきました。

すると、ヒナは、自分でも思いがけないことに、空へ舞い上がったのです。

「おっと……」

悪ふざけがすぎたと思ったイタチは、あわててジャンプし、ヒナをつかまえようとしましたが、時すでにおそく、ヒナはぎごちなく翼《つばさ》をあやつりながら、はるかかなたへ飛び去ってしまいました。


草むらの片すみでヒナの声を耳にしたウズラのお母さんが目を上げますと、わが子が必死にはばたいているのが見えました。

「あらま、たのもしいわね。あの子もこれで一人前だわ」

前進あるのみ

ヤマアラシは全身に長くてするどいトゲをまとっています。

いざという時にそれをさか立てれば、どんな猛獣《もうじゅう》でも手出しができません。

それなのに小心者のヤマアラシは、身をかくす場所を求めて岩山のふもとに穴を掘りはじめました。

岩のすき間の砂地をえらんでは、せっせと掘りすすみます。

が、だいぶ行ったところでヤマアラシは、うしろにたまった土を穴の外に出さねばいけないことに気づきました。

けれど、身のたけの大きさの穴しか掘ってこなかったので、体の位置を変えることができません。

身のまわりを掘りひろげようと手さぐりをしましたが、岩場なのでそれもかないま

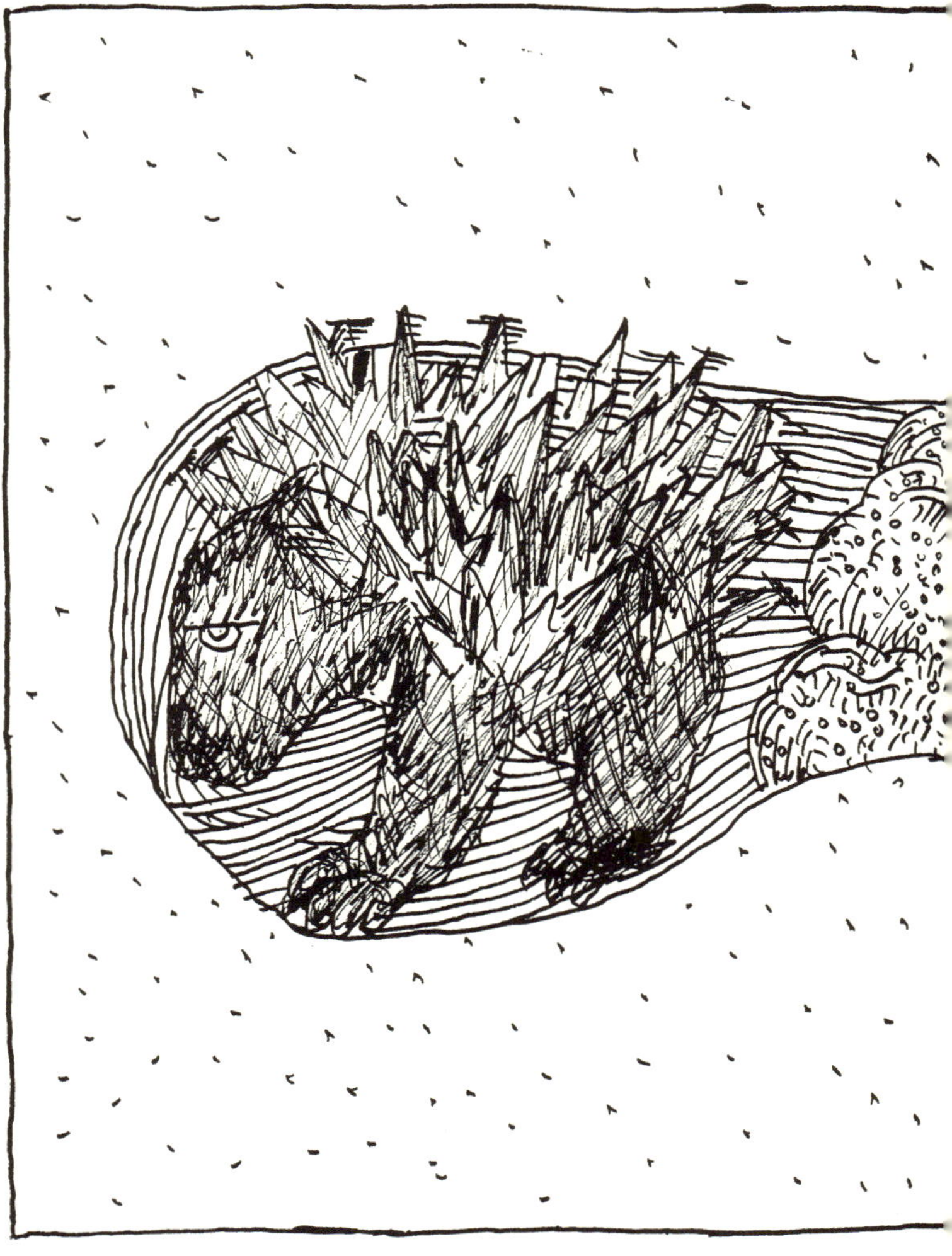

せん。

「わっ、どうしよう!!」

ヤマアラシはあわてました。

「こうなったら、うしろ向きに、あと肢で残土を押しながら入口までもどるっきゃないな」

ヤマアラシは心を静めて考えると、さっそくあとずさりし始めようとして、それも出来ないことに気づきました。

「わっ、どうしよう!!」と思った時、うかつにも全身の針をさか立ててしまったのです。

針はまわりのかべにつきささると、彼が「もどる」ことをはばみました。

ヤマアラシは望まないにかかわらず、前向きに生きて行くほかはありません。

まぶたの母

カッコウは図々しい鳥です。

タマゴを抱いている可憐なウグイスが巣を留守にしているすきに自分のタマゴを産みつけてしまいます。

ウグイスの三倍も大きいタマゴです。

カッコウが去ったあと、巣にもどってきたウグイスは、ひときわ大きなタマゴが居すわっているのを見て、

「まあ、私、こんな大きなタマゴを産んだかしら」

目を白黒させました。

が、すぐに自分にいいきかせました。

「きっと、このタマゴは成長が早いんだわ」

カッコウのタマゴは、ほかの鳥より早くフ化します。

いち早くカラを割って出てくると、ウグイスのいないすきに、彼女のタマゴを背中にしょい、ひとつ残らず巣の下へほうり出してしまうのです。

巣にもどってきたウグイスは、目をしばたたきました。

「まあ、立派な赤ちゃんだこと!!　でも、ほかのタマゴはどうなっちゃったんでしょう」

それから彼女はこう納得させました。

「きっと、ほかの子の分だけ、この子が大きくなったのね」

カッコウのヒナは大食いです。

ひっきりなしに大きな口をあけてエサをねだりますので、ウグイスは目のまわるいそがしさです。

手あたりしだいに虫をつかまえては、ヒナの口におしこんでやるうちに、赤はだか

だったヒナにはふさふさした羽毛がはえ、体はみるみるウグイスの四倍にもそだちました。

やがてヒナは、ウグイスとは似ても似つかない、タカのような羽毛と、草刈りガマのようなつばさをたくわえますと、お礼もいわずにウグイスの巣からとび立ってしまいました。

からになった巣にもどってきたウグイスはあっけにとられました。

「あら、まあ、なんてそっけないこと。親子の仲って、そんなものかしら」

が、すぐに自分をいいくるめました。

「でも、あんなにたくましい、タカさんみたいな子に育ったんだから、ほこりに思わなくちゃね」

ウグイスは最後まで、それがカッコウの子だったことに気づきません。

こんな風にお人好しのウグイスですが、天はうめあわせに「わすれっぽさ」という特典を恵んでいるのでした。

夏の終わり、彼女の前に一羽のカッコウがあらわれました。

カッコウは自分の仮親を見ると、なつかしさのあまり、

「カッコウカッコウ!!（母さん、おれおれ）」

つばさをバタつかせてにじりよりました。が、ウグイスはタカによく似た鳥におびえて、やぶの中ににげこみました。

「そんな奇妙な声で鳴く鳥が、どうして私の子どもなのよ。さっさとあっちへ行って!!」

カッコウがわめきながら山野をとびまわっているのは、「ほんとうの母親」をさがしまわっているせいなのです。

身分相応

あまたある鳥の中でも、キジバトほどいいかげんな巣作りをする者はありません。

そこいらへんに落ちている枯れ枝をひろってきては、てきとうに組み合わせて、それで完成です。


一方メジロは、とてもていねいな巣作りをします。

ふわふわとした綿毛をしきつめた巣は、きれいなコケで外側をかざり、こわれないように、クモの糸をまわりにはりめぐらせます。


そんなメジロの巣を見て、ハトの奥さんはため息をつきました。

「うらやましいわあ。あたしがもっと器用だったらねえ。

そんなきれいな巣で育つから、あんたたちはきれいな声でさえずることが出来るのね」

それを聞いてメジロは、

「まあ、そんなにほめていただいて光栄ですわ」

愛らしい目をパチクリしました。

「あたくしは体が小さいから、こんなにちっぽけな巣しか作れないので、せいぜい手間をかけるくらいしか脳がないんですのよ」

それからあらためてハトの巣を見やると、

「それにくらべて、ハトさんの巣はなんてりっぱなんでしょう。あんなに大きくて、太い枝で組み立てた巣で育つから、ハトさんたちはみんな堂々となさってるのね」

ほめ返しました。

ハトの奥さんはそれを聞くと、

「あら、あたしの巣をお気に入りなら、とりかえっこしましょうよ」

ふたつ返事で申し出ました。

そこで二羽はさっそく巣をとりかえっこしたのですが――

ハトの巣に入ったメジロがさっそくタマゴをうむと、すきまだらけの巣のすきまをぬって、小さなタマゴは下におっこちてしまいました。

一方、メジロの巣に入ったハトは、巣があんまり小さいので、外へタマゴを生み落としてしまいました。

二羽がもとどおり、巣を入れかわったのはいうまでもありません。

「あんな雑な巣で育つから、ハトはガサツなのね」

メジロがつぶやくと、ハトはいいすてました。

「あんな巣から大物は育ちっこないわね」

恩讐《おんしゅう》の果て

秋になるとシカのオスたちは、メスをめぐってはげしいたたかいをくりひろげます。

左右から突進してきて、角をぶつけ合うのです。

ガシーーン!!

角のぶつかり合う音を耳にするたびに、メスたちは眉をひそめました。

「なにもあんなことまでしなくたって」

「もっと話し合いか何かで、勝ち負けを決めたらよさそうなのにね」

「まったく、オスたちって、子供みたいなんだから」

「それだけ、あたしたちが魅力的だってことなんでしょ」

「オホホホホ」

「御苦労さま」

今日も今日とて、ライバル同士が森かげで出会うと、

「今日こそ決着をつけてやる」

「望むところだ」

全身の力をこめて角をつき合わせました。逃げだすか、押し切られた方が敗けです。

二頭はその日もたがいに引かず、しばしもみあっておりましたが、しばらくしてくたびれてくると、

「今日のところは許してやる」

「明日こそ白黒つけるぞ」

負け惜しみをいいつつ、角を離そうとしましたが、思いもよらぬことが起こりました。枝角が、からみ合ったまま、ひきはなせなくなってしまったのです。

二頭は泡をくうと、たがいに押したり引いたり、ひねったりよじったりしましたが、角はしっかりくいこんでゆるむ気配もありません。

両者は三日三晩「分離作業」にいそしみましたが、ついに力尽きると頭をくっつけたまま、その場にへたりこみました。

にくむべき相手と顔を寄せあっていなければならないのは苦痛以外の何ものでもありません。

しかし、こうなった以上、何をやるにも呼吸《いき》を合わせなくては、生きのびることさえできなくなるのです。

はじめのうちは目も合わせようともしなかった二頭は、やがてしぶしぶ声をかけ合って同時に草をはみ、不細工な横歩きをしながら水場へたがいの体を運ばねばなりませんでした。

メスたちはそんな二頭を見て、笑うに笑えず、けれど救いの手をさしのべるすべもなく、恋の季節をむなしくやりすごすのでした。


やがて過酷な冬が来て森に雪がふりつもり、餌《え》がとぼしくなってくると、二頭のオスは身をひとつにして木の根を掘り、皮を左右からかじってしのぎました。

その頃になると二頭のチームワークは大したもので、いちいち言葉を交《かわ》さなくても、角を通して、相手の考えていることがわかるようになっていました。

そうこうするうちに、永い冬がやっと終わり、春がきて雪がとけ、森が新緑にそまりはじめる頃、二頭はやっと皮肉な運命からときはなされました。からみ合っていた角が、ぽろりと抜け落ちたのです。

二頭はその瞬間、頭がこんなに軽いものだったのかとあっけにとられ、つぎに、ポカンとしているたがいの顔を一べつすると、

「…………」

語るべき言葉も、もはやなく、静かに左右へ別れたのでした。

森がその後、どうなったかといいますと、二頭のオスが連れそうように暮らし、相手にされなくなったメスたちは、どこかへ散りぢりになって行きました。

ライオンキング

サバンナの王者として君臨していたのは年よりライオンでした。

高原を見はるかす丘にねそべり、メスたちが狩ってくるえものをくらって、のうのうとくらしていました。

そんな王様を遠目に見やりながら、メスたちはささやき合いました。

「あんな風で、いざという時、あたしたちを守ってくれるのかしら」

「ねてばかりいるんだもの、いざとなったら足腰が立たないわよ」

あんのじょう、ある日、若くて体力のある若獅子《わかじし》がナワバリをうばいにやってくると、老王はたたかうまでもなく、サバンナから追い立てられてしまいました。

するとメスたちは、こんな内緒話をかわしました。

「若い者はいやねえ。ひとのおしりばかり追いまわして」

「それに自分が王位についたからって、そっくりかえっちゃってサ」

「そのくせ、ちょっとおだてるとヤニ下がって、たよりにならないったら、ありゃしない」

メスたちが危惧したとおり、若い王様は、もみ手をしながら近づいてきた、口のうまいチンピラライオンのさそいにのって、どこかへ連れ出されたきり、帰ってこなくなりました。


新しく王位についた如才のないオスは、毎日、メスたちの間をまわって、(年功序列の順番に)ごきげんをとりむすぶのを忘れませんでした。

するとメスたちは言い合いました。

「なに？　あれ」

「まるで御用聞きみたい」

「もっとどっしりしていてくれなきゃ、体裁《ていさい》が悪いわ」

まもなくサバンナは、みるからに堂々とした男ざかりのオスに乗っ取られました。

小才のきく先王が、いくら知恵を働かせてうばい返そうとしても、しょせんオスの世界では、みごとなたてがみとキバをもち、地の底からとどろくような声の持ち主には勝てないさだめでした。

彼が石像のように見栄えのする容姿を高台にそびやかしますと、メスたちはいいそやしました。

「ちょっと気取りすぎてやしない？」

「ナルシストなのよ」

「少しばかり見てくれがいいからって、中身がなきゃハリボテと同じだわ」

結局、メスたちにかかっては、どんなオスでも王様にはふさわしくないようでした。

ノールール

「おい、競争をしねぇか」

ウサギがカメのところにやってきました。

「この道の先きに橋があるだろう。あそこまで、どっちが早くつくか勝負しようぜ」

ウサギは昔、先祖がカメとかけくらべをして、昼寝をしたばかりに敗け、とんだはじをかいたのです。

今日こそは見返して名誉を挽回しようと、気負いこんでやってきたのでした。

ウサギは地べたに棒きれで線をひくと、むりやりカメを並ばせ、

「いいか。行くぞ、一、二の三!!」

自分で号令をかけると、疾風《はやて》のようにかけ出しました。

そして、一気にコースの半分ほどまで行きますと、カメが気になって、ちょっとう

しろをふりかえりました。

が、カメのすがたは、とちゅうの草むらにかくれて見えません。きっとはるかうしろをモタモタと歩いているのでしょう。

「そりゃそうだよな。油断さえしなけりゃ、おれがカメに敗けるわきゃないんだ。でもあんまりぶっちぎりで勝つのも大人気ないしな。目的地までは歩いて行くか。なに、カメが追いついてきたら、又、かけ出しゃいいんだ」

余裕のウサギは口笛を吹きながら歩き始めました。

「やれやれ。これでやっと俺も、御先祖さまの恥をそそぐことができるってもんだ」

が、橋が近づいてくると、ウサギはわが目を疑いました。

何とカメがゴールに立って手をふっているではありませんか。

「おーい、ウサギさん。早くおいでよ」

「な、なんてこった!!」

ウサギは目をまっかにして、橋へかけつけますと、

「どうしておまえが先に着いたんだ!!」

カメをゆすりました。

「空でも飛んだんじゃないだろうな」

どう考えたって、カメに追いぬかれた記憶はありません。

するとカメはのほほんと答えました。

「なに、スタートしてからわきの斜面をころがって、川にとびこんだのさ。流れにのってきたから、あっというまに橋についたよ」

「反則だ、反則だ!!」

ウサギはさけびました。

「そんな」

カメが答えます。

「だって君は競争をしよう、とはいったけど、かけっこしようなんていってないじゃん。スタートラインとゴールしか決めてなかったから、途中はどこを通ってもいいはずだよ」

ウサギはくやしさのあまり、その場にひっくりかえってしまいました。

行きちがい

初雪がちらほら舞い初めた森の中です。

オオカミが餌を求めてうろついておりますと、枯葉の間から、ナキウサギがとび出してきました。

ナキウサギは冬にそなえて、食料を巣穴にかき集めることに頭がいっぱいで、つい、オオカミの鼻さきへ姿を見せてしまったのです。

ナキウサギはオオカミの灰色の眼に射すくめられますと、

「ご、ごめんなさい」

とりあえずあやまりました。

「どうか、命だけはお助けを……

あなたのエサになること以外は、何でもさせていただきます」

それを聞いて、オオカミは、

「ふん」

と、鼻をならしました。

「俺がおまえみたいな小者をあてにすると思ってるのか。とっとと消えちまえ」

「あ、ありがとうございます!!」

ナキウサギは何度も頭を下げながら、枯葉の中に姿を没しました。


それから数カ月がたちました。

森は、深ぶかとした雪におおわれています。

そんなころ、ナキウサギの巣穴の入口から、声をかけるものがいました。

「おい……ナキウサギ……いるか?」

「だれ?」

ナキウサギがおよび腰でたずねますと、

「おれだよ……」

息もたえだえの声が返ってきました。

そのダミ声はいつかのオオカミのものでした。

「あ、オオカミさん……その節はどうもありがとうございました」

ナキウサギがいうと、

「もうダメだ……」

オオカミは荒い息でいって、どうと体を横たえました。

「どうかなさったんですか?」

ナキウサギが、巣穴の奥から用心ぶかくのぞきますと、

「こんどはおれを助けてくれ……」

枯葉と雪のすき間から、オオカミの鼻が、白い吐息《といき》をもらしました。

「この冬はきついぜ……えものがぜんぜんとれなくて……おれは死にそうだ」

「……それはそれは」

ナキウサギが答えると、

「こんどは、おまえが恩返しをする番だろ」

オオカミが、虫の息でいいました。

「ええ……それは、もちろん」

ナキウサギは前に、「おまえみたいな者はあてにしない」といわれていたので、オオカミが自分の肉を求めているなどと思いもしません。

「おかげさまでここには、冬の間、苦労しなくていいだけの食料をためてございます。ドングリ、シイノミ、ヤマブドウ、ツノハシバミ……どうぞ存分にめし上がってください」

おかどちがいのごちそうの数かずをならべたてました。

と、ナキウサギがいいおわるよりさきに、

「バカヤロウ……」

オオカミはひとこえうめいて、ことされてしまいました。

森の先生

そのフクロウはだれよりも賢くて、物知りで、えらそうに見えるので、森の動物たちの間では「先生」とよばれておりました。

今日も今日とて、「先生」のいるカシの木のうろの下には、入れかわり立ちかわり動物たちがやって来ます。

たとえばネズミの相談ごとはこうでした。

「あたしの分家の三男坊が、グレはじめたんですが、どうしたらよろしいでしょう……」

うろに向かって声をかけます。が、

「…………」

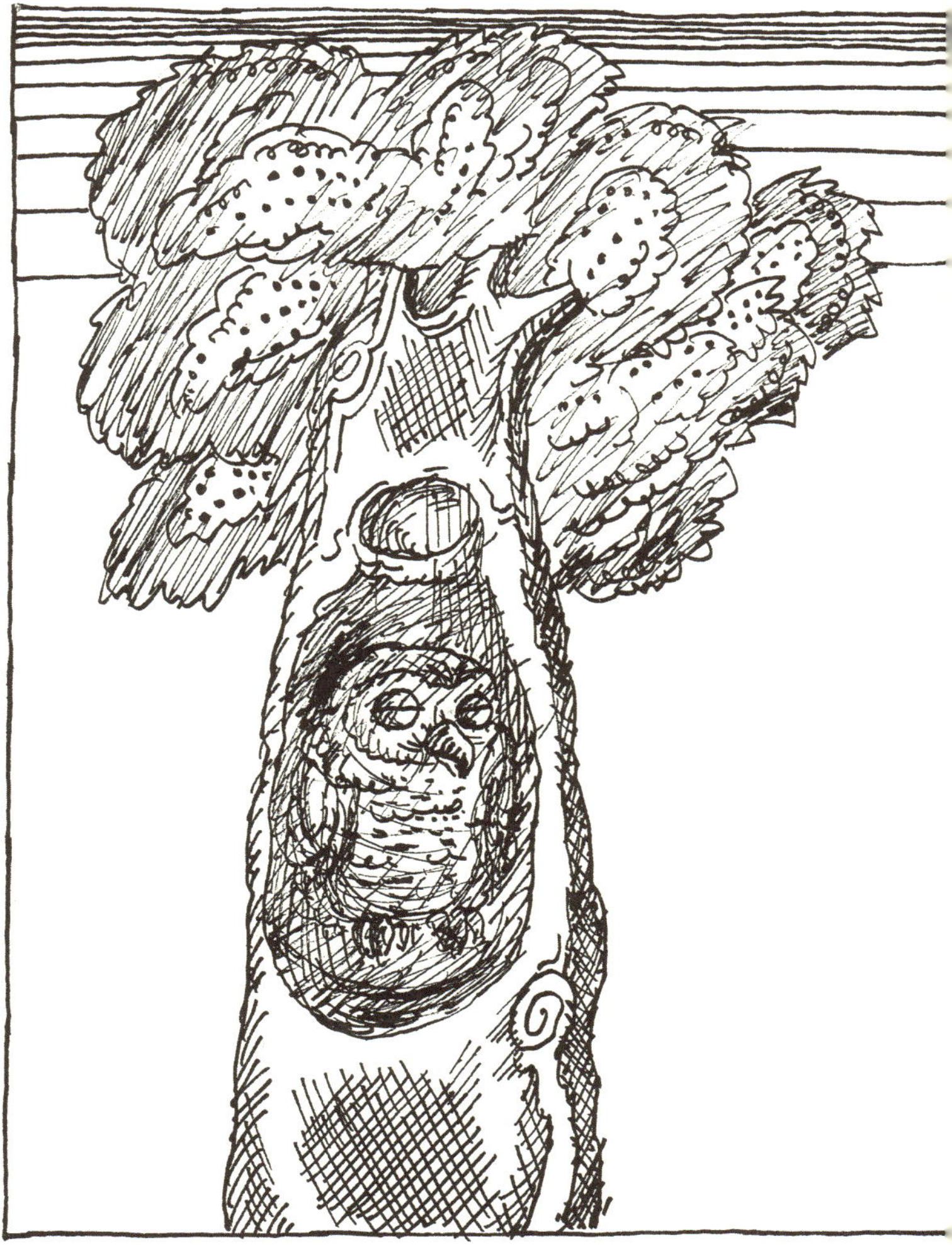

先生はすぐには答えてくれません。
ネズミが、ひとことも聞きのがすまいと耳をそばだてておりますと、やがて、
「…………ぐ」
ひと声返事がありました。
「なるほど」
それを聞いてネズミはヒザをうちました。
「さすがは先生だ。あたしもそうじゃないかと思ったんですよ。
若い者はあそばせないで、働かせないと、よからぬことを考えますよネ、先生。
いやはや、どうもありがとうございました」
かと思うと、ウサギの悩みはこんなのでした。
「ね、センセ。森のメスウサギたちは、私が美人なんで、よそよそしいんですよ。
これって、私が悪いわけじゃないのに理不尽な話でしょ?
ともかく毎日気が重くてしょうがないの。どうしましょ」

「…………」

フクロウはおしだまったままです。

せっかちなウサギが、

「センセったら!!」

のびあがって、うろの中にさいそくしますと、やっとのことで、

「…………ポ」

と、ひと声、お達しがありました。

「やっぱり」

ウサギは感心したように、うなずきました。

「私も、もう、ウサギなんか相手にしないで、格上《かくうえ》の動物とつき合って、見返してやるっきゃないと思ってたの。

センセ、ありがとう」

アナグマの質問は哲学的でした。

「どうしてわれわれは、だれかを食べなければ生きていけないのでしょうな。私はこの世のすべての生きものを愛してやまないというのに、愛するものをころさなければ自分の命が保てない、ああこの矛盾を先生ならば、どうお答えになられますか」

アナグマは暗い声でいって、足もとを通りすがったトカゲを口にほうりこみました。

「…………」

例によって、先生はすぐに答えません。

アナグマが、カシの根もとを行列しているアリをつまみぐいしながら待っていると、

「お答え」が返ってきます。

「…………ホウ〜イ」

「ありがとうございました」

アナグマははればれしい声になりました。

「いつかだれかに食べられておかえしをすりゃいいんだ、と、おっしゃったんですね。いや、これで私も、食事をするたびに悩まなくてすみますよ」

このようにフクロウは、どんな悩みも解決してくれる大先生でした。

が、動物たちは知りません。

フクロウは、耳が遠いうえに、日がな一日、うろの中で寝てくらしているのです。

動物たちのよびかけに、ちょっとだけ、寝言で答えているだけなのです。

先生の偉大なところは、「彼らが自分で答をみつけるだけの時間を与えてやる」ということでした。

元の黙阿弥

山かげの雑木林で、イノシシは目を見張りました。

ヤマイモのつるです。

それも今まで見たこともないような太いやつが、落ち葉の間からのびて、クヌギの幹にからみついています。

土の下にはきっとどでかいヤマイモがそだっているにちがいありません。

イノシシはほくほくすると、さっそくつるのまわりを掘りはじめました。

乱暴に掘ってつるを切ってしまうと、ヤマイモのありかがわからなくなってしまうので、ていねいに、用心深く土をかきわけて行きます。

やがて首の深さあたりまで掘り進んだころ、知り合いのイノシシが通りすがりまし

た。

「おい、何してるんだい」

声をかけられてイノシシは、

「何でもない!!　ほっといてくれ」

不機嫌な声で追い払いました。

せっかくのヤマイモを、ひとりじめしたかったからです。

体の半分が埋《う》まるほど掘りすすむと、今度は親せきのイノシシが寄ってきました。

「おい、何をやってるんだ」

「何も」

イノシシは鼻から泥をふき出しました。

「ゴミ捨ての穴を掘ってるだけさ」

「手伝ってやるよ」

「よけいなお世話だ!!」

イノシシはさけびました。

「おれは親切にされるのが大っきらいなんだ」

親せきはムッとして、どこかへ行ってしまいました。

「じょうだんじゃない。ひとに手伝いなんかされたら、せっかくのヤマイモを山分けしなくちゃならなくなる」

イノシシがなおも掘りすすむと、ツメのさきに、やっとヤマイモの本体が当たりました。

「よっしゃ」

今度はイモをきずつけないように、まわりを掘りひろげて行きます。

ひとかかえもあるでしょうか、想像したとおりの大モノでした。

イノシシはさかさまになったまま、ヤマイモのしっぽのところまで掘りおこしますと、

「さて、こいつをはこび出すとするか」

えものをかかえ上げようとしましたが、重くてびくともしません。

「こうなったら、イモの下にはいって、持ち上げるしかないか」

イノシシは体の位置をかえようとしましたが、掘った穴がせますぎるので、体がさかさまになったまま、いたずらに足がおよぐばかりです。

おまけにずっとさか立ち状態だったので、頭に血がのぼってクラクラしてきます。穴を掘りつづけたせいで体もくたくたです。

このままでは、せっかくのヤマイモをかかえたまま死んでしまうかもしれません。

イノシシは思いあまると、

「おーい、だれか。助けてくれ!!」

残る力をふりしぼって仲間を呼びました。

すると間もなく、さっきすげなくされたイノシシたちが仲間をつのってかけつけてくれました。

「おうい、どうしたんだ!?」

「このつるを引っぱってくれよ!!」

「親切が大きらいな」イノシシは泣きそうな声でたのみました。

こうして無事、ヤマイモと共に地上へ出ることが出来たイノシシは、しぶしぶヤマイモを分配するはめになったのでした。

みんなで分けたヤマイモは指のツメにも充《み》たない大きさでした。

北風と太陽

森の木かげをミノムシが歩いています。

それを見て、北風が太陽に持ちかけました。

「おい、あのミノムシの簑《みの》をどちらが脱がせられるか賭けないか？」

「いいとも」

太陽が受けて立ちます。

「じゃ、君からやってみな」

太陽にいわれて、

「よしきた!!」

北風は頬《ほお》をいっぱいにふくらませますと、ありったけの力で、木枯《こが》らしをミノムシに吹きかけました。

と、ミノは吹き飛ぶどころか、ミノムシはそれをいっそうひきかぶり、入口のまわりを吐いた糸で固めて、うずくまりました。

小さな虫のくせをして、いくら北風ががんばってもびくともしません。

北風がやがてさじをなげると、今度は太陽の番です。

太陽は満面の笑みをたたえると、木の間から陽光をふりそそぎました。

あたりの草々が、みるまに花を開き始めます。

ミノムシはいずれ、暑くなってミノからはい出すにちがいありません。

が、いくら太陽が熱気を送っても、ミノムシは地面にはりついたまま微動だにしません。

そのミノムシは一生を巣袋の中でくらすメスだったのです。

と、まもなく変化が起こりました。

ミノのなかから、小さなミノムシたちが、つぎつぎとあらわれたのです。

太陽があたためたせいで、ミノのなかにうみつけられたタマゴが、いっせいにフ化したのでした。

ミノムシの子たちは、しっかりと小さなミノをまとっていました。

北風と太陽はたがいに顔を見あわせると、言葉をうしなってそれぞれの家に帰ってしまいました。

交換条件

狩りにつかれはてたチーターが、炎天下の草原をよたよたと歩いていました。

一刻も早く、彼方《かなた》に見えるジャングルの木かげで、しばし体を横たえたいと願うばかりです。

が、そこへたどりつくまで体力がもつかどうか、自信はありません。

ふり向けば、ハイエナたちが舌をたらし、「ヘッヘッ……」と笑いながら、遠まきについてきます。

「てめえら!!」

チーターは口ぎたなくののしりました。

「ひと昔前までは、俺の食い残しのくされ肉をいぎたなくあさっていたくせしやがっ

て……」

が、今となっては早晩、彼等のエサになる身の上でした。

チーターは覚悟をきめると、灼《や》けた大地に身を横たえました。

「わかった。俺もこれまでにさんざ弱い者たちを餌食《えじき》にして生きのびてきたんだ。体力がつきたら、みんなにおかえしをしなくちゃな」

ハイエナたちがまわりをとりかこみます。

「ようし、俺はこれから、お前らの餌食になってやる」

チーターは宣言しました。

「だが、それについては条件がひとつだけある。

第一に、俺のいちばんうまいところを食う権利を持っているのは、これまでに俺の犠牲になってきた連中——カモシカたちだ。

俺はハイエナをえものにしたことはないんだから、おまえらは出しゃばるんじゃない。

俺を食いたけりゃ、カモシカたちを呼んできて、そのお残りにあずかるのが、お前らのガラっていうもんだ。

さっさと連中を呼んでこい!!」

草食のカモシカがチーターを食うとも思えませんでしたが、チーターの理屈はもっともでしたので、ハイエナたちは一応納得したふりをして散ると、カモシカたちを呼びに行きました。


しばらくして、カモシカたちを狩り立てるように集めてきたハイエナたちは、そこにチーターが影もかたちもなくなっていることに気づきました。

時間をかせいで体力を回復したチーターは、ジャングルの木かげにたどりついて、ハイエナ狩りのプランを練っているところでした。

ペシミスト

菜の花畑の上をチョウチョが優雅に舞っていますと、葉かげから青虫が声をかけました。

「いいわね、あなたは。そんなにのびのびと空を飛べてさ。それにひきかえ、あたしなんか、よちよちと葉っぱの上を歩くことしかできないんだ」

それを聞いた蝶は、

「え？　知らないの？　あんたはそのうち、あたしみたいに翅《はね》がはえて、空をとべるようになるのよ」

と、答えました。

が、うたぐりぶかい青虫は

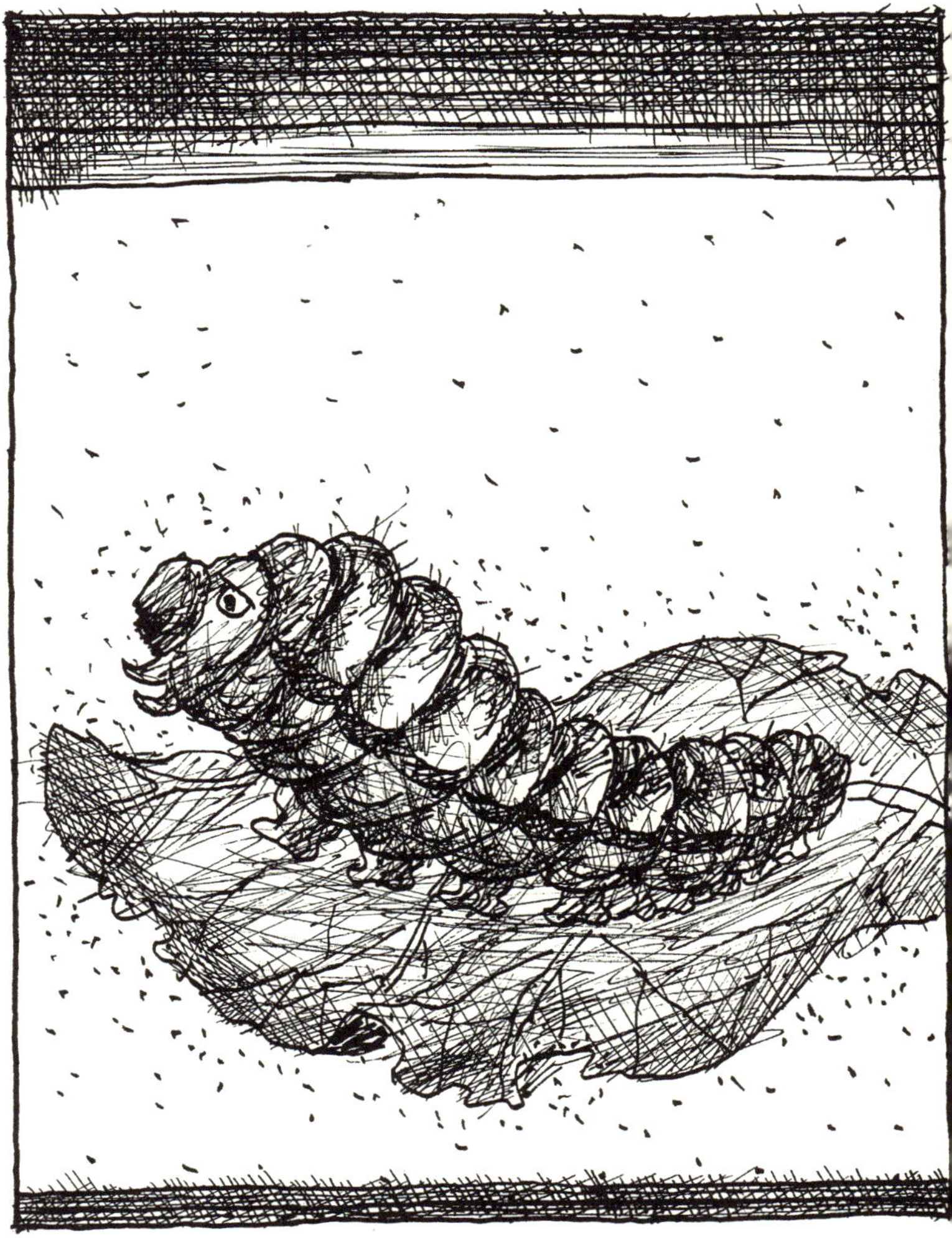

「まさか。へんな夢を見させないでよ」

と、いい返して、プイと葉うらにもぐってしまいました。

「いやだいやだ。世の中はウソでこりかたまっているんだわ」

やがて青虫は脱皮をすると、サナギになって、冬を越す身の上となりました。

「ほらごらんなさい、身うごきも出来ないありさまになっちゃったじゃない」

悲観主義者の彼女には、いつか春が訪れるという発想は、ありませんでした。

オプチミスト

キツツキは木をくちばしでつついて、その感触で幹の中に虫がひそんでいるかどうか目星をつけます。

今日も例によってクルミの木にとりすがり、するどいくちばしで幹をつつきまくっていますと、ある個所に、虫のいそうな気配がしました。

キツツキは夢中になって幹に穴をあけはじめました。

まもなく、大好物のテッポウ虫がねぐらにしている小部屋に行きあたります。

穴をほり広げて、矢のような舌をさしこめば、すぐにもえものにありつけそうです。

キツツキはいきおいこんでつつきまくりました。

が、テッポウ虫だって、手をこまねいているわけではありません。奥へ奥へと穴をかみひろげて、にげのびようとします。

キツツキは少し掘っては舌をのばし、えものをさがしますが、なかなか行きあたりません。

ドリルのように掘り進みます。

テッポウ虫が木をかじる早さとは比べものにならない勢いです。

もうだめか……

テッポウ虫があきらめかけた時、運よく別の虫がうがった穴にぶつかりました。

「天の助け!!」

テッポウ虫はそそくさとその穴ににげこむと、幹の反対側へにげ出してしまいました。

一方、キツツキは穴をほり広げるだけ広げたのに、えものはかげもかたちもありません。

「俺のカンちがいだったのか……?」

キツツキは体を穴の中にすべりこませますと、

「うん、なかなかいいすわりごこちだ」

とってつけたようにいいました。

「俺はもともと巣穴をつくろうと思ってたのさ」

タイム・リミット

夏の陽ざかり、クヌギの幹でセミが一心不乱に啼いていました。

ひと夏だけの青春ですから、メスを呼ぶのに必死です。あたりに目配りするいとまもあらばこそ、ひそかにしのび寄ってきたカマキリにつかまってしまいました。

セミは悲鳴をあげてもがきました。

「助けて!! ぼくは七年もの間、しめっぽい土の中でくらして、やっと地上に出てきたんだ。もうちょっとだけ、夏を楽しませてくれよ」

が、カマキリはその大きなするどいカマで、いっそうセミをしめつけますと、

「同情なんかしてやるもんか」冷たくいい放ちました。

「俺は先月生まれて、来月には死んで行くんだ。

俺に七年くれたら逃がしてやるよ」

数は力

トノサマバッタは草むらの王者です。

太く、たくましい肢《あし》、その跳躍力、鋼《はがね》の光沢をたたえた胴体とステンドグラスのような翅《はね》、ヒスイと見まごう深緑の瞳《ひとみ》。彼がびぃいいいん……と、風をふるわせて翔《と》ぶ時には、原っぱ中のバッタたちが、あこがれと尊敬のまなざしで見上げたものです。

そんなある日、オンブバッタがトノサマバッタへ御注進に及びました。

「トノサマ、トノサマ。イナゴってやつを知ってます？」

「知ってます？」

オンブバッタは大きい方がメスで、背中に乗っている小さな方がオスなのです。

メスが何かいうと、オスがきまって口まねをする変なカップルでした。

「イナゴだと？」

トノサマバッタは、魅惑《みわく》的な瞳《ひとみ》で、オンブバッタを一べつしました。

「田んぼでイネとかをかじってる田舎者だろ？　そいつがどうした」

「そいつが、この原っぱにやってくるらしいですよ」

「らしいですよ」

オンブバッタがいうので、

「だから何だってんだ」

トノサマバッタはせせら笑いました。

「野原のすみっこで、勝手にエノコロ草でもくってりゃいいだろう」

「それが、なかなか厄介《やっかい》な奴らしいんです」

「らしいんです」

オンブバッタは、おびえたような眼つきでいいつのりました。

「厄介な奴なら、おれのアゴの力と自慢の足蹴りで、田んぼへ追いかえしてやる」

トノサマはいうと、翅音《はねおと》もたのもしく地平線のむこうへとんで行きました。

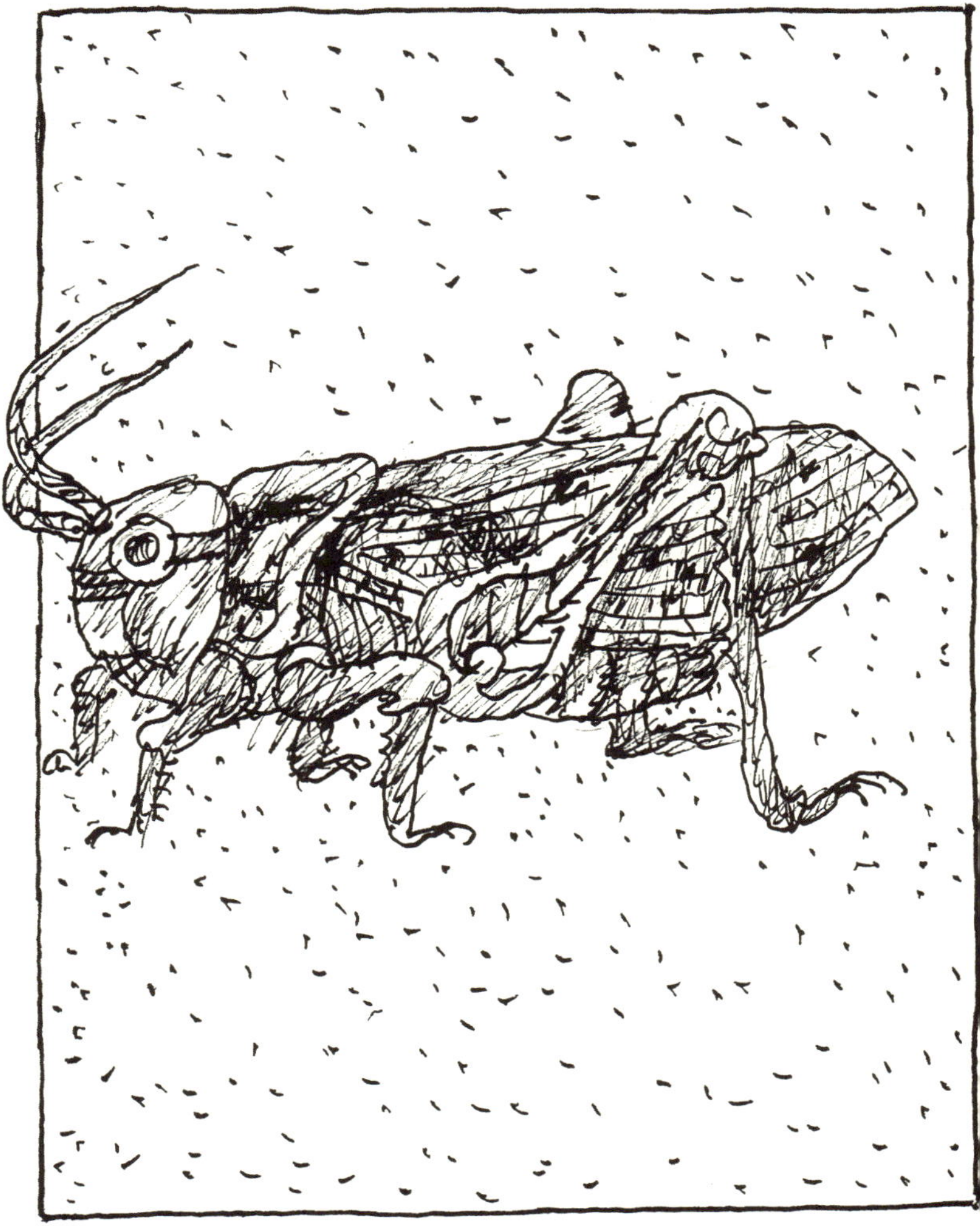

やがて竜巻のような音とともに、地平線から黒雲がわき上がると、それは見る間に空一面をおおい、草むらにおそいかかりました。

見わたすかぎりのイナゴでした。

トノサマは、イナゴが一匹だけでやってくるものと、カンちがいしていたのです。

やがて彼らが去ると、そこには、バッタたちはおろか草むらさえなくなっておりました。

〈著者略歴〉

舟崎 克彦（ふなさき・よしひこ）

1945年、東京生まれ。学習院大学卒。

『雨の動物園』（偕成社）で、国際アンデルセン賞受賞。

『ぽっぺん先生と帰らずの沼』（筑摩書房）で、赤い鳥文学賞受賞。また、この『ぽっぺん先生シリーズ』に対して、路傍の石文学賞受賞。『あのこがみえる』（偕成社）でボローニヤ国際児童図書展グラフィック賞受賞。

この他に「モンスター学園」シリーズ（ポプラ社）「なぞのマメずきん」シリーズ（あかね書房）「ピカソ君の探偵ノート」シリーズ（パロル社）評論『これでいいのか、子どもの本!!』（風濤社）など多数の著書がある。

宇曽保物語 動物寓話集

二〇〇四年七月二十五日 初版第一刷発行

著者 舟崎克彦
挿画 井上洋介
発行所 風濤社
東京都文京区本郷二—三—三
TEL 〇三（三八一三）三四二一
FAX 〇三（三八一三）三四二二
印刷所 吉原印刷
製本所 積信堂